O homem do violino

Kathy Stinson · Dušan Petričić

Com posfácio de Joshua Bell

Tradução de Rosa Amanda Strausz

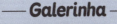

RIO DE JANEIRO
2025

CIP-BRASIL. CATALOGAÇÃO NA PUBLICAÇÃO
SINDICATO NACIONAL DOS EDITORES DE LIVROS, RJ

S876h

Stinson, Kathy
　　O homem do violino / Kathy Stinson; ilustração Dušan Petričić; tradução de Rosa Amanda Strausz. – 2ª. ed. – Rio de Janeiro: Galera Record, 2025.
　　il.

Tradução de: The man with the violin
ISBN 978-85-01-07053-1

1. Ficção infantil americana. I. Petričić, Dušan. II. Strausz, Rosa Amanda, 1959-. III. Título.

14-15926

CDD: 028.5
CDU: 087.5

Título original em inglês:
The man with the violin

Publicado originalmente nos EUA por Annick Press Ltd.

Copyright © 2013 Kathy Stinson (texto) © Dušan Petričić (ilustrações)
Annick Press Ltd.

Todos os direitos reservados.
Proibida a reprodução, no todo ou em parte, através de quaisquer meios.

Texto revisado segundo o novo Acordo Ortográfico da Língua Portuguesa.

Adaptação de capa e miolo: Renata Vidal

Direitos exclusivos de publicação em língua portuguesa somente para o Brasil adquiridos pela
EDITORA RECORD LTDA.
Rua Argentina, 171 — Rio de Janeiro, RJ — 20921-380 — Tel.: (21) 2585-2000, que se reserva a propriedade literária desta tradução.

Impresso no Brasil

ISBN 978-85-01-07053-1

Seja um leitor preferencial Record.
Cadastre-se e receba informações sobre nossos lançamentos e nossas promoções.
Atendimento e venda direta ao leitor:
sac@record.com.br

EDITORA AFILIADA

Para todos os meus netos musicais, especialmente Peter, que, mais do que qualquer um, nos ajuda a prestar atenção às coisas que normalmente perderíamos.
—K.S.

Para Lara e Rastko.
—D.P.

Dylan costumava prestar atenção às coisas.

A mãe dele, não.

Era uma quinta-feira de janeiro como qualquer outra, até que...

Música!

As notas mais altas voam até o teto. As mais baixas se esparramam pelo chão. Todas as notas rodopiam e rodeiam a massa de pessoas que se agita para lá e para cá. A música está contando uma história emocionante que faz os cabelos da nuca de Dylan se arrepiarem.

— Mãe, espera!

O homem do violino se balança para lá e para cá. Seus dedos se movimentam com rapidez. Seu arco dança sobre as cordas. As notas saltitantes fazem Dylan querer dançar também.

Depois, a melodia fica lenta e o homem fecha os olhos como se a música o transportasse para longe, bem longe daquele *corre-corre*.

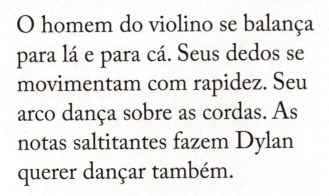

— Por favor, mãe, vamos parar um pouco? Por favor? — Se eles pudessem ouvir nem que fosse só um minuto!

— Hoje, não.

O homem do violino inclina-se para a frente. Sua música faz a pele de Dylan vi-brarrr. Alguém começa a falar alto, "Bli-bli-bli, blá-blá-blá!". Dylan inclina-se na direção do músico, tentando ouvir.

Do violino vem o som mais triste que ele já ouviu na vida.

O homem se volta em sua direção. Seus olhos se encontram. Mas a escada rolante leva Dylan para baixo, para baixo, para baixo, e para longe dali.

Um som ensurdecedor irrompe do túnel.
Dylan se esforça para escutar a música, mas
— *grrrrr – sshhhh – pfffff* — o vagão engole
as notas frágeis com seu *ro-o-onco*!

A música que Dylan ouviu pela manhã fica tocando em sua cabeça o dia inteiro.

A caminho de casa, ele pergunta:

— Mãe, será que aquele homem ainda está aqui?

— Que homem? — retruca sua mãe.

A chuva tamborila.
Os pratos batem.
A voz no rádio
zumbe e zumbe, até
que, de repente...

Música!

Contando uma história que faz o apartamento parecer maior e mais claro, e Dylan grita:

— É o homem da estação do metrô!

O som da música desaparece aos poucos.
A voz do locutor diz:

— Hoje, mais de mil pessoas tiveram a oportunidade de ouvir um dos maiores músicos do mundo. Joshua Bell tocou algumas das mais belas músicas já compostas em um dos mais valiosos violinos já fabricados. No entanto, poucas pessoas o ouviram por mais de um minuto.

— Eu sabia! — diz Dylan. — Devíamos ter parado. Devíamos ter escutado.

Dentro da panela com água fervente cai o espaguete.

Novamente a melodia desliza e flutua pelo ar, e Dylan quase consegue ver o homem do violino na ponta dos pés tentando alcançar as notas mais altas.

— Dylan, você tem razão. — Sua mãe aumenta o som do rádio. Sonora e doce, a música preenche cada canto do apartamento.

E, juntos, Dylan e sua mãe dançam. Juntos, eles escutam.

Então, Joshua Bell existe mesmo?

Sim. Ele nasceu no dia 9 de dezembro de 1967, em Bloomington, Indiana. Quando tinha 4 anos, tentou fazer música igual à que ouvia nos discos de seus pais dedilhando elásticos que prendia entre puxadores de gavetas. Imediatamente seus pais o inscreveram na aula de violino. Uma das primeiras canções que ele aprendeu a tocar sozinho foi o tema de *Vila Sésamo*.

Quando estava com 7 anos, Joshua já tocava tão bem que se apresentou com a Orquestra Sinfônica de Bloomington e teve aulas na Universidade de Indiana. Com 12, levava seus estudos muito a sério, mas adorava jogar tênis e videogames.

Muitos músicos passaram a vida sonhando em subir ao palco do Carnegie Hall. Joshua Bell tocou lá pela primeira vez aos 17 anos. Depois disso, foi para a Europa apresentar concertos em cidades onde as pessoas já tinham ouvido falar de seu enorme talento.

Desde então, ele se apresentou no mundo inteiro. Gravou mais de quarenta CDs e fez muitas aparições em programas de TV. Sua favorita foi no *Vila Sésamo*, onde tocou "Sing After Me" com Telly Monster na tuba.

Há quem diga que Joshua toca violino "como um deus".

E é verdade que ele deu um concerto numa estação de metrô e que quase ninguém prestou atenção?

Mais uma vez, a resposta é "sim". No dia 12 de janeiro de 2007, como parte de uma experiência, Joshua Bell levou seu precioso Stradivarius para a estação L'Enfant Plaza, em Washington. Um jornalista da cidade queria ver o que aconteceria se um dos melhores violinistas do mundo desse um espetáculo como se fosse um músico de metrô.

Ele tocou por 43 minutos. Mais de mil pessoas passaram por ele. Apenas sete dedicaram mais de um minuto de sua atenção à apresentação. Ninguém bateu palmas quando ele terminou de tocar cada música. Nem mesmo depois de uma das músicas mais difíceis já compostas. Nem mesmo depois da "Ave Maria", uma canção muito popular que há quase duzentos anos faz muita gente chorar.

No mundo inteiro, pessoas pagam mais de cem dólares para ouvir um concerto de Joshua Bell. Ao fim de sua apresentação no metrô, o estojo do violino a seus pés tinha 32 dólares e 17 centavos.

Tinha gente que passava pela estação e queria parar para ouvir, mas não podia. Cada vez que uma criança passava por Joshua Bell, tentava parar. Mas sempre havia um adulto para puxá-la pela mão.

O garoto que aparece em *O homem do violino* não existiu de verdade, mas a história conta, e mostra, o que poderia ter acontecido a alguma das crianças que ouviram Joshua Bell tocar no metrô naquela manhã.

Posfácio

Em janeiro de 2007, mais de mil pessoas me *ouviram* tocar violino na estação L'Enfant Plaza, do metrô de Washington. Mas pouquíssimas realmente *escutaram*. Dentre as que tentaram, havia muitas crianças, e me lembro claramente de vê-las virando a cabeça para trás, tentando escutar enquanto seus pais as puxavam para longe, apressados para chegar a seus destinos.

A música pede imaginação e curiosidade — duas coisas que crianças têm de sobra —, e acredito que o mundo seria muito melhor se a apreciação inata de *todas* as crianças pela música fosse alimentada na escola e na família.

Meus pais sempre acreditaram que a música era um pouco mais importante para a vida do que a matemática ou a gramática, e serei eternamente grato a eles por terem me presenteado com música na forma de um violino quando eu tinha 4 anos.

Há um pensamento atribuído a Platão que diz: "A música dá alma ao universo, asas à mente, voo à imaginação, e vida a todas as coisas."

Concordo plenamente.

Joshua Bell
Março de 2013

Visite www.joshuabell.com para mais informações sobre Joshua Bell e sua música.

Kathy Stinson é autora de mais de 25 livros para crianças, incluindo o adorado clássico *Red is Best*. Suas obras variam entre livros ilustrados para crianças e romances para adultos — de ficção histórica a contos de horror. Kathy visitou muitas comunidades, onde dirigiu workshops para crianças e adultos. Vive em um povoado não longe de Guelph, Ontario.

Dušan Petričić começou a desenhar quando tinha 4 anos e nunca mais parou. Ganhou muitos prêmios como ilustrador de livros infantis, entre eles o Prêmio de Ilustração Amelia-Frances Howard-Gibbon e o Prêmio Marilyn Baillie para Livros Ilustrados. Dušan mora em Toronto, onde colabora regulamente como cartunista do *Toronto Star*.

A jornalista carioca **Rosa Amanda Strausz** estreou na literatura com o premiado livro de contos *Mínimo Múltiplo Comum*, em 1991. Logo, porém, a carreira de escritora para adultos foi interrompida pela descoberta de um novo talento — o de escrever para jovens e crianças. Desde então, lançou mais de uma dezena de títulos infantis e juvenis, entre eles *Mamãe trouxe um lobo para casa*, *Deus me livre!* e *Sete ossos e uma maldição*. A autora escreve com desenvoltura e habilidade sobre temas pouco tratados no universo infantil: as novas configurações familiares, as relações sociais entre classes e a violência urbana. Uma de suas grandes obras, *Uólace e João Victor*, foi adaptada para a TV dentro da série Cidade dos Homens, dirigida pelo cineasta Fernando Meirelles.

Este livro foi composto na tipografia Adobe Caslon Pro, e impresso em papel offset 150 g/m² na Plena Print.